PARIS ROSENTHAL et JASON RO

Cher garçon,

Illustrations de HOLLY HATAM

Texte français d'ISABELLE ALLARD

Pour les garçons de la famille Rosenthal : Justin, Miles et Ry. — P.R. et J.R.

Cher Linden, merci d'avoir été ma source d'inspiration. — H. H.

SCHOLASTIC

Cher garçon,

Sois confiant
et les autres croiront en toi.

Cher garçon,

Cher garçon,

Ce n'est pas grave si tu n'es pas le plus rapide.

L'important,
c'est de faire
de ton mieux.

Cher garçon,

Pratique ton sport préféré,

et surtout, n'oublie pas
d'être beau joueur.

Cher garçon,

Ce n'est pas grave de ne pas tout savoir, tu sais.

Cher garçon,

Quand tu es seul avec
tes pensées, tu n'es jamais seul.

PETER PAN

Une étrange clarté émanait d'une cruche qui contenait une toute petite fée, à peine plus grande que la main. La petite fée se nommait Clochette et cherchait l'ombre de Peter.

Peter apparut et demanda doucement à Clochette :

– Est-ce que tu as trouvé mon ombre ?

– Non, répondit-elle du fond de la cruche.

Le timbre de sa voix était si doux que Peter et ses amis partirent à la recherche des fées.

Alice au pays des merveilles

Pierre lapin

Le Livre de la jungle

Chère fille

Contes de fées

Cher garçon,

« Oui », ça veut dire oui.

Tout le reste veut dire non.

Cher garçon,

Tu te sens triste?
Il n'y a pas de mal à laisser
tes larmes couler.

Cher garçon,

Il y a des moments où tu peux te salir...

et d'autres où tu dois être propre.

Cher garçon,

Trouve des gens
comme toi...

et des gens différents de toi.

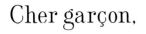

Cher garçon,

Parfois, tu auras envie de jouer
avec des camions.

D'autres fois, tu voudras peut-être jouer avec des poupées...

ou encore avec les deux!

Cher garçon,

Note bien :

jouer de la musique, c'est merveilleux.

Cher garçon,

L'honnêteté est une qualité

Honnêteté qui t'indiquera toujours la bonne voie.

Cher garçon,

Si tu as besoin d'un rappel
pour réaliser tes rêves, le voici :

Réalise tes rêves!

Cher garçon,

Crois toujours en la magie.

Cher garçon,

Si tu peux l'imaginer,

si tu peux le voir...

tu peux le faire!

Cher garçon,

Quand tu auras besoin
d'encouragements, rappelle-toi
que tu peux relire ces pages.

Et surtout, cher garçon que j'aime, n'oublie pas que tu peux toujours, toujours, toujours...

me parler.

Es-tu prêt?

C'est parti...